CONCEPTION GRAPHIQUE : L'BB

© Éditions Casterman, 1995.

Droits de traduction et de reproduction réservés pour tous pays. Toute reproduction même partielle de cet ouvrage est interdite. Une copie ou reproduction par quelque procédé que ce soit, photographie, microfilm, bande magnétique, disque ou autre, constitue une contrefaçon passible des peines prévues par la loi du 11 mars 1957 sur la protection des droits d'auteur.

ISBN 2-203-11740-0

AVENTURES

Nadine Brun-Cosme

Des pas dans mon ciel bleu

illustré par Pef

ECOLE ELEMENTAIRE
ANTONINE-MAILLET

ROMANS
casterman
Huit & PLUS

1

Ça a commencé un soir, à l'heure où mon père rentre du travail. À ce moment j'entends d'abord la porte qui s'ouvre, puis ses pas claquent sur le carrelage de l'entrée, s'adoucissent en glissant sur le plancher du salon, s'éteignent enfin en touchant le tapis au bas de l'escalier.

Tous les soirs, à cet instant précis, je prends mon élan, ouvre à toute volée la porte de ma chambre — la poignée creuse en frappant un trou dans le mur —, dévale les marches et me jette dans les bras de papa. Depuis des années, c'est notre jeu à nous, et qui fait sourire maman. Ce soir-là, j'ai entendu la porte s'ouvrir, les pas qui claquent puis les pas doux, puis les pas qui s'éteignent, j'ai envoyé la poignée faire son trou dans le mur, j'ai dévalé les marches… Au moment de m'élancer dans les bras de papa je me suis trouvé nez à nez avec un parfait inconnu ! Sur le coup j'ai eu peur. Très vite maman est arrivée derrière en disant :

— Allez-y, allez-y ! Je vous présente Julien. Julien, laisse monter Monsieur !

D'abord, j'ai cru que j'avais mal entendu. Mais quand j'ai vu l'homme grimper vers moi avec un petit sourire gêné, puis me dépasser, et ma mère le suivre sans plus faire attention à moi, je me suis inquiété et j'ai suivi.
L'homme regardait tout : les placards de la salle de bains, la chambre de mes parents ; et puis il est arrivé à la porte de ma chambre. Quand ses chaussures se sont posées dans ma moquette toute douce où je n'ai pas le droit de marcher en chaussures, ma mère n'a rien dit. Il a avancé encore et deux traces brunes sont restées sur les poils. Il a fait jouer ma porte et il a dit:
— Ah ! Il y a un trou dans le mur.
Un trou ! Et alors ? Qu'est-ce que ça pouvait bien lui faire ? D'abord ce n'était pas un trou, c'était le trou du soir quand ma porte applaudit parce que je cours vers mon papa !
En ressortant il a regardé mon pantin, Toussi, puis il a retiré ses grosses chaussures de ma moquette et il est redescendu, maman sur les talons. Elle restait un peu en arrière, on aurait

dit qu'elle passait un examen et qu'elle attendait qu'on lui donne une note.

Et puis l'homme a dit :
— Oui, c'est intéressant.
Maman a répondu :
— Et puis le centre-ville est tout près.
Et tout à coup elle a dit :
— Ah ! Chéri ! Tu es là !
Monsieur venait voir la maison.

Et j'ai compris que papa était là. Pour la première fois on avait loupé notre jeu de l'escalier ! Pour la première fois, je n'avais pas entendu les pas de papa. Il disait :

— Vous pouvez revenir quand vous le souhaitez !

Ils se sont dit au revoir et je me suis approché du haut des marches en me disant que décidément, je rêvais. Dès que papa m'a vu il a tendu les bras. J'ai dévalé les marches et j'ai sauté dedans, mais ce n'était plus pareil. J'ai quand même laissé passer quelques secondes et puis j'ai sorti la tête de la manche de papa et j'ai posé la question qui me brûlait les lèvres :

— C'est qui ?

Papa et maman se sont regardés, gênés.

— C'est…

— C'est quelqu'un qui…

— … qui a vu notre annonce dans le journal…

— Quelle annonce ?

Et soudain une idée lumineuse m'a traversé l'esprit :

— Il veut tourner un film ? Chez nous ?

Papa a soupiré si fort que ça m'a fait voler les cheveux du front.

— Pas tout à fait. Il nous a appelés si vite qu'on n'a pas eu le temps de t'en parler.

Disant cela, mon père a pris l'air tout penaud, le même qu'avait ma mère en suivant l'homme tout à l'heure.

Décidément, ils avaient l'air d'en avoir fait, des bêtises, aujourd'hui ! Je n'ai pas cédé.

Quelqu'un qui foule ma moquette bleu azur avec ses grosses chaussures sans qu'on lui dise rien, c'est pas si facile à avaler !
— Eh bien voilà… a commencé mon père.
Et il s'est arrêté.
— Nous avons décidé… a continué ma mère en regardant mon père, décidé… de partir ! a-t-elle enfin lâché.
Moi, j'ai lâché mon père et j'ai monté les marches en battant un record de vitesse. Je suis tombé sur mon lit comme une pierre et aucune larme n'est venue.
Je me suis relevé, j'ai cru que j'allais tout casser, tout détruire, la moquette, la porte, tout ce que les yeux de cet homme avaient touché. Même mon pantin Toussi. Debout dans l'encadrement de la porte mon père ne bougeait pas. Je me suis souvenu ses pas claquants, ses pas doux, ses pas éteints, il a tendu les bras et je me suis jeté dedans. C'est seulement là que les larmes sont venues. Entre deux reniflements j'ai entendu qu'il parlait de nouvelle maison, plus grande, de nouveau travail parce

qu'il montait en grade, et alors, je me suis souvenu toutes les discussions des dernières semaines aux repas. C'est vrai, une fois ils avaient même dit : « Un jour, il faudra bien qu'on déménage. »

— Alors voilà, a conclu papa en m'écartant très légèrement de lui pour me regarder bien en face, il y a huit jours on a décidé de passer une annonce pour faire visiter la maison.

Je l'ai regardé un moment, juste le temps d'être bien sûr de parler sans trembler, et j'ai dit :

— Je ne partirai pas d'ici !

Le sourire de mon père s'est effacé d'un coup. Il m'a lâché, a dit :

— On en reparlera.

Pour moi c'était tout vu ! Cette maison, j'y étais venu tout petit. Ma chambre, c'était mon père qui l'avait faite. Avant il n'y avait pas de mur. La moquette bleu azur, c'était grand-mère qui l'avait choisie avant de nous quitter pour rejoindre le ciel, et ce bleu dans lequel je mettais mes pieds, ce bleu « plus bleu que le bleu du ciel », comme elle disait, c'était comme une façon de marcher un peu tous les jours avec elle. Et puis tout contre ma fenêtre, il y avait le marronnier. Ses branches venaient jusqu'aux carreaux. L'été, j'ouvrais en grand et de ma chambre je me glissais dans l'arbre. Près du tronc, il y avait un nœud où on pouvait s'asseoir. C'est là qu'avec Sabine on avait passé tous les jours de notre dernier été ensemble, avant qu'elle déménage.

On s'y blottissait pendant des heures, à l'abri des regards, et on imaginait notre vie quand on serait grands. Le dernier jour, on avait juré de se marier.

Souvent, de ma fenêtre, je regardais le nœud qui gardait nos secrets de l'été, je pensais à Sabine, et ça me piquait doucement le cœur. Alors, partir en laissant la moquette bleue de grand-mère, en laissant l'arbre et le nœud de Sabine, jamais !

2

Pendant les repas, mes parents faisaient bien attention de ne plus en parler. La deuxième visite m'apprit qu'ils n'avaient pas abandonné. Cette fois, j'avais d'abord entendu des voix inconnues montant du jardin, alors j'ai eu le temps de glisser Toussi sous l'oreiller, à l'abri des regards. Puis, à l'entrée de la chambre, j'ai posé une grande feuille de journal bien à plat sur la moquette bleue, j'ai posé ma chaise face à la porte et j'ai attendu de pied ferme.

Ils étaient deux. Un homme, une femme. Ma mère suivait, toujours aussi intimidée.

J'avais entendu les pas claquants, les pas doux, les pas de silence, puis les grincements de l'escalier et j'avais su que ce n'était pas mon père. Lui se serait arrêté et il m'aurait attendu. Quand ils ont ouvert ma porte et qu'ils m'ont vu, ils ont eu un mouvement de recul.

Bras croisés, je m'efforçais de les regarder sans ciller.

Ma mère est arrivée. D'abord elle a fait celle qui ne remarquait rien. De son ton le plus naturel elle a dit :

— Ah, voici Julien, mon fils ! Entrez, entrez !

Et c'est là qu'elle a vu le journal elle aussi. Il y a eu une seconde de silence puis elle a fait volte-face en criant presque :

— Ah ! Ici vous avez des placards…

Quand je les ai entendus redescendre, je me suis levé, j'ai remis ma chaise sous mon bureau, replacé Toussi sur le lit, plié le journal sur une étagère, puis je suis allé regarder l'arbre et son nœud gardien de secrets. Ce soir, aucun œil ne l'avait touché. C'est alors que je les ai entendus. Les pas. Ils avançaient claquants, puis doux, ils glissaient, enfin entrant dans le tapis, ils se sont arrêtés. J'ai su aussitôt que c'étaient les pas de papa. Mon cœur a bondi, j'ai foncé en claquant la porte plus fort que jamais, dévalé les marches si vite que j'ai failli tomber et ce soir-là, les bras de mon père ont été plus doux que jamais !

Non, décidément, on ne pouvait pas partir !

— Dis donc, Julien, le journal par terre, c'est une façon de recevoir les gens ?

— J'ai envie de recevoir personne !

— Oui, eh bien tu me feras le plaisir de ne pas recommencer ! a soufflé ma mère en colère.

— Au fait, a dit mon père, est-ce qu'ils ont posé la question, pour l'humidité dans la cuisine ?

— Non, ils n'ont pas vu. Heureusement ! De toute façon, tant que le voisin ne refera pas son mur, ça ne s'arrangera pas !

— Et les volets de notre chambre, ils les ont essayés ?

— Non plus. Oui, c'est vrai, le système serait à changer !

— Si on part, est-ce que je pourrai prendre ma moquette ?

Mes parents se sont souri. C'était ma première phrase qui commençait par : « Si on part. » Ils me regardaient comme un bébé qui vient de dire son premier mot.

— Celle-là non, elle est collée, a dit mon père,

mais rassure-toi, s'est-il empressé d'ajouter, dans la nouvelle maison tu pourras choisir la même que celle-là si tu veux.

— La même, j'ai dit, c'est pas possible. Celle-là c'est celle que grand-mère avait choisie !

Avec un bel ensemble, mes parents ont baissé le nez. Cette histoire de moquette, visiblement, ils ne s'en rappelaient plus. C'est fou ce que les parents ont parfois la mémoire courte. Le repas s'est achevé dans le silence.

3

La troisième visite eut lieu un mercredi. Je jouais dans le jardin. Dès que j'ai entendu la sonnette j'ai foncé dans ma chambre cacher Toussi et placer la chaise près de la porte. Je ne voulais pas qu'ils voient mon pantin ; ni l'arbre de Sabine. J'ai entendu de petits bruits pointus le long des marches, puis une dame est apparue.

— Allez-y ! Regardez ! a dit ma mère.

Alors, la dame m'a fait un faux sourire et elle a avancé. C'est là que j'ai compris, pour les bruits pointus. J'ai vu ses talons fins s'enfoncer dans ma moquette, si profond qu'à chaque pas qu'elle faisait, ils laissaient un petit trou qui ne se rebouchait plus ; comme si lentement, pas à pas, elle trouait le ciel. Et puis avec un autre faux sourire elle a contourné la chaise où j'étais assis et elle a réussi à atteindre la fenêtre. Je ne me suis pas retourné. Je sentais ses yeux posés sur l'arbre et ça me faisait mal. Sans bouger, j'ai attendu qu'elle sorte. Dès qu'elles sont redescendues, j'ai enfilé mes grosses chaussures d'hiver et je suis allé dans le jardin. Là, longtemps, j'ai marché dans la terre humide, dans le petit coin que papa me laisse pour jardiner. Quand j'ai eu les semelles bien crottées, je suis

rentré dans la maison et je suis monté dans ma chambre. Là, sur ma moquette bleu azur, celle que grand-mère avait choisie, je me suis remis à marcher. Longtemps. À passer et repasser sur les trous des talons de la dame. Puis, immobile, les yeux dans le vide, j'ai attendu. Quelque chose venait de se casser.

Ce n'est que bien plus tard que ma mère est montée. Quand elle est apparue, elle a ouvert la bouche, elle a regardé la moquette maculée, puis elle m'a regardé, puis elle a regardé à nouveau la moquette. Elle a juste pu dire :
— Oh !…
Et elle a secoué la tête en silence.

Quand mon père est rentré, ne voyant personne en bas, pour une fois il est monté. Et nous a trouvés tous les deux, ma mère et moi, assis sur mon lit, les yeux rouges et le nez plein. Tous les trois, nous avons passé la soirée à nettoyer le ciel de grand-mère. Avec la mousse c'était très beau. Ça faisait des petits nuages partout. Puis on a rincé et il ne restait presque plus de traces. Surtout, les traces de

petits trous avaient toutes disparu. J'ai pu dormir tranquille.

C'est deux jours plus tard, au repas, que ça a recommencé.

— Et elle a parlé du mur humide de la cuisine ? a demandé mon père.

— Oui mais j'ai dit que je venais de cuisiner. Alors, avec la vapeur… En revanche, elle a remarqué que la poignée de la chambre de Julien ne fonctionnait pas. Mais elle n'a pas vu le trou dans le mur, a ajouté maman en me glissant un regard lourd de reproches.

Plus les parents parlaient de cette maison que je connaissais si bien, plus j'avais l'impression de la découvrir. Tout fonctionnait si mal, c'était à se demander comment on pouvait y vivre…

4

La quatrième visite eut lieu un autre mercredi. Dès que j'ai entendu la sonnette j'ai couru à la porte et j'y suis arrivé en même temps que ma mère. Elle était surprise de me trouver là mais elle n'a rien dit. Le couple qui visitait avait un bébé. Ils ont commencé par la cuisine.

— Oh ! Qu'elle est grande ! s'est écriée la dame.

— C'est vrai, dit ma mère, c'est bien pratique !

— Sûr ! ai-je ajouté. Dommage qu'elle soit si humide !

— Humide ? a répété le monsieur, et il s'est tourné vers ma mère.

Elle, bouche bée, se taisait.

— Hu… humide ? a-t-elle fini par dire. Voyons Julien, où ça, humide ?

— Mais là, maman. Tu sais bien, ce mur qui touche le garage du voisin. Tant qu'il ne le refera pas, rien à faire !

Il y eut un silence. L'homme et la femme se regardaient.

— Bon ! lança ma mère. On continue ?

On est montés à l'étage. Dès qu'on est entrés dans la chambre de mes parents, la dame a dit :

— Quelle jolie chambre !

— Dommage que les volets ne marchent plus ! ai-je soufflé. Pour dormir c'est pas génial !

Et je me suis dépêché de sortir devant les visiteurs, pour les mettre entre ma mère et moi. Je la sentais prête à exploser.

— Entrez ! Entrez ! Ici c'est chez moi ! ai-je dit dès qu'on s'est trouvés devant ma chambre. Tout le monde est entré. Alors, j'ai poussé la porte et elle s'est fermée en claquant.

— Julien ! a crié ma mère. La poignée !
— Ah ! C'est vrai ! Elle marche pas ! Heureusement que j'ai mon tournevis pour ressortir !
L'homme et la femme se sont regardés, ont regardé le bébé qui venait de se réveiller et qui commençait à pleurer.

Visiblement, cette chambre lui était destinée et ils étaient inquiets. J'ai rapidement ouvert la porte et je me suis éclipsé.

Quand j'ai entendu les gens partir, j'ai filé dans le fond du jardin et j'y suis resté jusqu'à l'arrivée de mon père. Il fallait au moins ce temps-là à ma mère pour se calmer. Quand mon père est rentré je suis resté encore un peu dehors, puis je suis rentré. Je m'attendais à tout.

On ne m'a rien dit. On ne m'a pas grondé. Ce fut pire : les soirs suivants, mon père ne vint plus en bas de l'escalier. J'avais perdu les bras de mon père ! Je n'arrivais plus à dormir.

Puis un soir, à nouveau, j'ai entendu son pas claquer, s'assourdir et mourir, et j'ai su qu'il m'avait pardonné.

5

Un jour, en rentrant de l'école, j'ai perçu tout de suite quelque chose d'inhabituel. Était-ce à cause des yeux de ma mère qui ne parvenaient pas à me fixer ? Avant même d'atteindre ma chambre, j'ai senti que j'étais trahi. Dès le premier regard, j'ai su. À l'entrée, deux traces brunes témoignaient d'une visite. Autour, le bleu était plus clair, signe qu'on avait frotté pour tenter d'effacer. Je suis allé m'asseoir sur mon lit et lentement, mes yeux ont fait le tour de la pièce. Au sol, on devinait par endroits d'autres traces. Elles aussi avaient été frottées. Et puis, là-bas, la fenêtre était mal fermée. Ils l'avaient donc ouverte ! Et pour voir quoi, sinon mon arbre ?

Soudain, de savoir que des yeux inconnus étaient passés sur mes affaires, je me suis senti étranger à ma chambre, tout comme à la première visite ; sauf que là, j'ignorais même qui était entré dans mon univers. Je n'avais même plus envie de le savoir. Et tout à coup, j'ai réalisé qu'il manquait quelque chose. Toussi ! Toussi n'était plus sur le lit ! Je suis redescendu en hurlant !

— Toussi ! Où est passé Toussi ?

J'entrai en trombe dans la cuisine, prêt à mordre ma mère.

— Toussi est sous ton oreiller, dit-elle calmement.

Alors ma colère tomba. Elle avait pensé à ça ! Au moment où je repartais elle ajouta :

— Sur la moquette c'est du cambouis. Je suis désolée, je n'ai pas réussi à tout enlever !

Du cambouis ! Dans ma chambre ! Découragé, je suis remonté lentement. Ce soir-là, quand mon père est arrivé, que j'ai entendu son pas claquer, puis glisser, soyeux, avant d'entrer dans le silence, je ne suis pas descendu.

Au repas, personne ne parla de cette visite.
Le lendemain, pour la première fois, en partant pour l'école j'emportai dans ma poche la clef de ma chambre. Pendant deux jours on ne m'en parla pas. Le troisième soir, quand j'arrivai, ma mère me glissa, l'air de rien :
— Demain tu laisseras ta chambre ouverte. J'ai besoin d'y aller.
Le lendemain matin, en partant, au lieu d'un tour de clef j'en donnai deux. Le soir, au repas, mon père se racla plusieurs fois la gorge avant de dire :
— D'accord, Julien, il n'y aura plus de visites sans toi !

Le lendemain, je partis en laissant ma porte ouverte. Effectivement, la visite eut lieu ce soir-là. Je crus que ce serait moins dur, je m'étais repassé dans ma tête le monsieur aux grosses chaussures, la dame aux talons perçants, le couple au bébé. Pour eux, j'étais prêt. Les pas que j'ai entendus monter n'étaient ni ceux de grosses chaussures, ni ceux d'un couple, ni ceux de talons aiguilles. Ceux-là, je les connaissais bien : c'étaient des pas d'enfants qui grimpaient quatre à quatre. Deux

visages sont apparus dans l'encadrement de ma porte. Ils m'ont regardé, un peu interloqués, et l'un a dit :

— C'est là ma chambre ?

Quelques minutes plus tard, quand leur mère est entrée ils étaient tous deux sur mon lit. Le plus grand avait trouvé Toussi sous l'oreiller et il disait :

— Je peux le prendre, m'man ? Dis !

C'était trop ! J'ai ouvert la fenêtre et j'ai grimpé dans l'arbre.

Ma mère suivait. Elle a d'abord regardé le lit et les deux enfants vautrés dessus et j'ai vu de la tristesse dans ses yeux. Puis elle a vu Toussi dans les mains du plus grand et j'ai vu dans ses yeux de la colère ; puis elle a regardé vers la fenêtre et elle m'a vu, réfugié dans le nœud de l'arbre où on avait passé l'été avec Sabine. Alors, dans les yeux de ma mère j'ai vu qu'elle avait peur. Elle a eu peur mais elle ne m'a rien dit. D'abord, elle a foncé sur le lit, a saisi les deux enfants et elle a dit :

— Allez ! Allez ! Dehors !

Sans oublier de récupérer Toussi.

En quelques secondes ils avaient tous disparu. La dame râlait un peu en sortant de la chambre, poussée par ma mère. Elle râlait encore plus quand, deux minutes plus tard, elle est sortie de la maison. De mon arbre, je les ai vus traverser le jardin, le petit criait :

— Qu'est-ce qu'elle a la dame, dis, m'man ? Qu'est-ce qu'elle a ?

Il y avait qu'elle avait moi. Et ça m'a réchauffé le cœur. Deux minutes plus tard, je l'ai vue réapparaître dans ma chambre. Elle ne m'a pas foncé dessus. Elle aurait eu du mal, bien sûr, elle ne sait pas grimper aux arbres. N'empêche, elle aurait pu crier. Là, pas du tout. Elle s'est approchée lentement de la fenêtre et elle a souri. Elle a pris le temps de me sourire. Elle ne l'avait pas fait depuis longtemps. Je crois que c'est ça qui m'a décidé.

— Allez viens, ça y est, ils sont partis !

Moi qui comptais rester des années sur ma branche, je glissai tout naturellement jusqu'aux bras de ma mère. Je me rendis compte que je ne me souvenais plus comment c'était, les bras de ma mère.

Quand mon père est arrivé ce soir-là, faisant les pas sonores, puis doux, puis silencieux, ses bras tendus nous reçurent tous les deux, ma mère et moi.

— Julien, nous devons te dire…
Papa hésitait.
— Voilà. Ta mère et moi, nous avons réfléchi

et nous pensons que c'est trop difficile, de partir. Alors voilà. Nous allons rester. Il y a encore une visite prévue dans deux jours. Nous allons la faire. Après, fini.
Je manquai m'étrangler, les regardai l'un après l'autre. Ils souriaient comme deux enfants qui annoncent une surprise. C'en était une ! Il y avait bien un peu de tristesse dans l'œil de mon père mais je fis celui qui ne la voyait pas. Je leur sautai au cou.
Ce soir-là, je regardai ma chambre comme si je la découvrais pour la première fois. Je l'avais tellement vue avec les yeux de quelqu'un qui s'en va ! À nouveau, c'était ma chambre à moi !

6

LA DERNIÈRE VISITE était prévue un mercredi. J'avais promis d'être sympa. Après tout, maintenant je savais que ma maison resterait ma maison ! Pour plus de sûreté, j'avais décidé de rester dans le jardin. J'avais donc entendu le coup de sonnette, des voix, la porte de la maison s'ouvrir et se fermer, le volet de la chambre grincer sans descendre... Ils devaient être à présent dans ma chambre. Là-haut, j'ai entendu une fenêtre s'ouvrir, quelques minutes plus tard on la refermait. Puis la porte de la maison s'est rouverte, une dame en est sortie en disant :

— Merci bien. De toute façon, si elle n'est plus à vendre...

Je m'approchai, prêt à entrer.

— Mais, où est donc Amandine ? a fait la dame en regardant de tous côtés. Elle est restée en haut ?

Et elle est rentrée de nouveau en criant :

— Amandine ! Amandine !

— C'est qui, Amandine ? Son chien ? demandai-je à ma mère.

— Sa fille ! souffla-t-elle en faisant les gros yeux.

Et nous montâmes derrière la femme.

Elle avait déjà fait le tour des pièces.

— J'ai même regardé sous les lits ! précisa-t-elle, confuse.
Elle commençait à s'affoler.
— Redescendons ! dit ma mère. Elle a pu aller dans le jardin !
J'entrai dans ma chambre et je m'apprêtais à m'allonger sur mon lit avec une BD quand je me souvins tout à coup du bruit de la fenêtre qui s'ouvre et se referme. J'approchai doucement du carreau, soulevai le rideau… mon

cœur se mit à battre très fort. Elle était là, dans le nœud de la branche ; et elle s'était assise exactement comme le faisait Sabine, glissant un pied sous les fesses.

Pourtant, elle ne lui ressemblait pas. Mais alors, pas du tout. Seulement, elle posait sur les branches exactement le même regard tendre et curieux. Longtemps, je l'ai regardée, laissant revenir de très doux souvenirs, puis j'ai ouvert la fenêtre. Elle a sursauté. Juste au-dessous on entendait :
— Amandine ! Voyons Amandine, où te caches-tu ?
Amandine a mis un doigt sur ses lèvres, j'ai fait de même pour montrer que j'avais

compris et j'étais bien embêté parce que je ne comprenais rien du tout. Et j'ai rampé sur la branche jusqu'à elle. J'ai chuchoté :
— Pourquoi tu te caches ? Ta mère te cherche partout.
— Je veux pas rentrer avec elle. J'en ai marre. Tous les soirs c'est pareil, avec mon père ils n'arrêtent pas de parler de la maison qu'ils veulent, et tous les mercredis on en visite des tonnes alors je ne joue plus avec mes copines, et puis… là…
Elle a rougi, m'a regardé.
— Là, quoi ?

— Là… il y a l'arbre. Et puis il y a ça !
Elle tendait le bras vers la fenêtre.
— Ça quoi ?
— Le tapis. C'est comme un ciel… Moi, dans ma maison, je voudrais ça.
Mon cœur cognait. L'arbre ! Le tapis ! Elle avait vu les deux !
— Tu sais, ai-je dit en tremblant un peu, le tapis c'est ma grand-mère qui l'a choisi… avant de mourir ; bleu comme là où elle allait…
Amandine écoutait :
— Moi, chez moi, a-t-elle dit, il y a un tapis blanc. C'est pour faire comme la neige. De la neige, j'en ai vu une seule fois, quand j'étais très petite. C'est mon grand frère qui me l'a offert, quand il est parti pour habiter chez lui. Quand je marche dessus c'est comme avant, quand on jouait ensemble…
Et puis elle a baissé les yeux et elle a dit :
— Je veux pas laisser mon tapis blanc.
— Il est collé ? J'ai demandé.
— Je ne sais pas. Pourquoi ?

Je n'ai pas répondu. Ça me faisait drôle, d'entendre ça. Je me revoyais dire pareil, pour mon tapis bleu.
Et puis une voiture a démarré.
— C'est… c'est ma mère, elle s'en va ! s'est écriée Amandine, sidérée.
Ma mère est apparue sous l'arbre.
— Je m'en doutais ! dit-elle en souriant. Décidément, cet arbre sert beaucoup, ces temps-ci. À ceux qui ne veulent pas partir, à ceux qui ne veulent pas rentrer… Alors Amandine, on te garde ?
— Oh, non, a dit Amandine au bord des larmes, je veux retrouver ma maman !…
— Pas d'affolement, a dit ma mère. J'ai dit à ta maman que je me doutais de l'endroit où tu jouais avec mon garçon. Elle est juste allée faire une course et elle revient !
Et ma mère est rentrée dans la maison. Alors, ensemble, nous avons regagné la chambre et là, nous avons marché dans le ciel, puis nous sommes repassés dans le creux de l'arbre, puis nous avons fait des bateaux de papier et le ciel

de ma chambre est devenu la mer, et puis Amandine a vu le trou que faisait la poignée dans le mur et ça l'a fait sourire :
— Tiens, a-t-elle dit, moi aussi je claque ma porte. C'est quand je suis contente !
« Décidément, ai-je pensé, c'est vraiment une chambre pour elle ! »
Bien sûr, je ne l'ai pas dit ! Elle était presque plus à l'aise dedans que moi, elle lui avait in-

venté de nouveaux jeux, le ciel devenait mer, les nuages des îles de glace, l'arbre un vieux géant malheureux. Elle la faisait revivre autrement. Pour un peu, rien que pour lui faire plaisir je la lui aurais offerte. Puis elle m'a demandé :

— Et toi, ta nouvelle maison, elle serait comment ?

Surpris, je réalisai que jamais je n'y avais pensé. Je vis aussitôt un grand tapis blanc, doux, qui serait peut-être la neige mais peut-être aussi un grand tapis de sucre où se rouler comme un gâteau. Je vis…

Quand Amandine fut sur le point de partir, je glissai la main sous mon oreiller, pris Toussi, et je le lui offris. J'étais sûr qu'il serait bien. Son dernier regard fut pour le nœud de l'arbre.

Ce soir-là, au milieu du repas je me raclai trois fois la gorge. Puis quand je fus certain de pouvoir parler sans trembler, je dis :
— Et on peut la voir quand, la nouvelle maison ?
Papa m'a regardé, a regardé maman, maman m'a regardé :
— D'accord, souffla-t-elle, demain on ira visiter !

Aujourd'hui, **NADINE BRUN-COSME** se consacre pleinement à son métier d'écrivain pour la jeunesse, mais elle a d'abord été institutrice, puis psychologue scolaire. D'où sans doute sa grande attention aux petits riens, ceux qui font les aventures de tous les jours. Nadine Brun-Cosme a publié des romans et des albums, chez Milan ou Albin Michel.

Les jeunes lecteurs connaissent **PEF** par cœur, qu'il illustre ses propres histoires ou bien celles des autres. Pef est par exemple entièrement responsable de *La Belle Lisse Poire du prince de Motordu* (Gallimard) ou du *Grand Jour* (Casterman, coll. « Je commence à lire »). Délaissant son univers loufoque et turbulent, Pef a manifestement pris plaisir à visiter le monde tendre et inquiet de Nadine Brun-Cosme.

TABLE DES CHAPITRES

Chapitre 1
Un parfait inconnu 7
Chapitre 2
La mémoire courte 17
Chapitre 3
Les yeux rouges, le nez plein 22
Chapitre 4
Les portes qui claquent 26
Chapitre 5
Victoire 30
Chapitre 6
Amandine 39

ROMANS
casterman

HUIT & PLUS
(à lire à partir de huit ans)

AVENTURES
■

Petit Nuage
de Michel Piquemal
illustré par Jean-Michel Payet

La clé
d'Yvon Mauffret
illustré par Ginette Hoffmann

L'école des sorciers
de Paul Thiès
illustré par Véronique Deiss

La rentrée des sorciers
de Paul Thiès
illustré par Véronique Deiss

HUMOUR
■

Fous de foot
de Fanny Joly
illustré par Christophe Besse

Bon voyage, Flocki !
d'Achim Bröger
illustré par Gisela Kalow

Joyeux Noël, Flocki !
d'Achim Bröger
illustré par Gisela Kalow

Le secret de monsieur Verlan
de Stéphane Daniel
illustré par Jean-Marie Renard

MYSTÈRE
■

Le truc de Naïk
de François Guiguet
illustré par Serge Bloch

DIX & PLUS
(à lire à partir de dix ans)

MYSTÈRE

∎

Une moitié de wasicun
de Jean-François Chabas
illustré par Hervé Blondon

Un tag pour Lisa
Quercy rap
de Stéphane Daniel
illustré par Christophe Rouil

Mon prof est un espion
de Robert Boudet
illustré par Serge Bloch

Rock parking
Une semaine au cimetière
d'Yves Pinguilly
illustré par N. Van der Straeten

Le message
L'accident
d'Irina Drozd
illustré par Dominique Boll

Identité volée
d'Irina Drozd
illustré par Thierry Daniel

AVENTURES

∎

Enlevée par les Indiens
de Mary Jemison
illustré par Jean-Michel Payet

Le cri du kookabura
de Jean Ollivier
illustré par Christophe Blain

La fille du comte Hugues
d'Évelyne Brisou-Pellen
illustré par Natalie Louis-Lucas

HUMOUR

∎

Une soirée d'enfer
de Claude Carré
illustré par Dominique Boll

Rififi sur le mont Olympe
de Béatrice Bottet
illustré par Hélène Prince

EEAM001987
Brun-Cosme, Nadine,
Des pas dans mon ciel bleu /
R   843.914   Bru